Revl og krat
- vendepunkter

Udgivelser af forfatteren

Romaner
Hemmeligheder. BoD
Tab og vind. BoD

Vendepunkter
6 Rub og stub. BoD
5 Revl og krat. BoD
4 Det bimler og bamler. BoD
3 Det knirker og knager. BoD
2 Bulder og brag. BoD
1 Himmel og hav. BoD

Pædagogik
Pædagogik – refleksion og faglighed. Reitzels Forlag
Case – situationsbeskrivelser. Systime
Pædagogikkens 7 forhold. Semi-forlaget
Udviklingsarbejde – hvordan. Semi-forlaget
Forældresamarbejde – en uvant praksis. Rokkjærs forlag
Nej til folkeskolen? Ja til ansvar. Borgens Forlag

Åge Rokkjær

Revl og krat
- vendepunkter

Revl og krat
2. udgave
© 2021 Åge Rokkjær
Omslag og opsætning: Åge Rokkjær og Niel Rokkjær
Forlag: BoD – Books on Demand, Hellerup, Danmark
Tryk: BoD – Books on Demand, Norderstedt, Tyskland
ISBN: 9788743033127

Vendepunkter

Jeg beretter om hændelser, følelser, oplevelser, undren, stillingtagen, optagethed – alt sammen fragmenter fra og omkring mit liv.

Vendepunkter har derfor en betydning for mig, som naturligvis kun giver mening for dig, hvis du kan se meningen. Men ellers er det bare at læne dig tilbage og indleve. Det giver vel også god mening.

God forbrødring
Åge Rokkjær

For livstid
Til enhver tid
Tidsrøver
Tid er penge
Tidspresset
Tiden går
I utide
Tidsindstillet
Time out

Fornemmelser

Fortæl

En gammel mand
går med sin indkøbskurv
på gangstativet foran sig.
Han er hvidhåret og har hvidt skæg.
Så blev det grønt.
Han stavrer på stive ben
og let krumbøjet
ud på fodgængerovergangen.
Han skal nok hjem med varerne
og have sig en lille dram.

Der er fortællinger overalt.
Livet er fortællinger.
Fortællinger fortælles.
Arbejde er fortællinger.
Fortællinger er billeder,
og det vi tillægger dem.
Fortællinger er kernen.

Fortællinger om fortiden,
nutiden og fremtiden.
Fortællinger om tanker
og drømme.

Der er fortællinger overalt.
Selv du er en fortælling.
Fortæl, fortæl.
For det er meningen
med dig og mig.

Det første kys

Kunne ikke navigere.
Kompasset meldte pas.
Måtte tage den på stjernerne,
intuitionen,
sund fornuft
og manglende erfaring.

Fumlende.
Søgende.
Som en blind
uden sin stok.
Som en tekniker
uden manual.
På bar bund.

Men på en måde
målrettet.
Noget i mig
tog over.
Noget nyt og ukendt
drev mig tættere
og tættere på.
Som et indstillet missil.

Flakkende blikke.
Famlende hænder.
Læber mødtes.
Det første kys
viste vej til det ukendte.

Vindblæst

Går modvilligt mod modvinden.
Bliver vejrbidt.
Orker ikke at kæmpe mod vejrmøller;
men overvejer at slå en ...
selv om det er helt hen i vejret.

Går hjerteligt ind for vindmøller.
Bliver gerne vindblæst.
Undgår at kæmpe mod tyfoner
orkaner og stormflod ...
hvor vinden er den store vinder.

Tager en dyb indånding
Holder vejret et øjeblik.
Puster langsomt ud og gentager.
Lytter til åndedrættet ...
bliver tungere
og drømmene starter.

Det klapper

Livet er følelser,
føler jeg.
Går det godt bliver jeg glad,
går det skidt bliver jeg ked.
Tryghed er tryg,
utryghed er utryg.
Alene er godt,
ensom er skidt.
En pause er ok,
lediggang er roden til alt ondt.
Negativ energi er negativ.

Hvad bestemmer,
hvad jeg skal føle?
Mig selv?
Omgivelserne?
Mine tanker?
Det ubevidste?

Er du din egen værste fjende?
Er ritualer balsam for kroppen?

Det bliver en god dag!
råber jeg overdrevent
og klapper
- i.

Om lidt

Om lidt er kaffen klar.
Skat ... jeg drikker grøntsagsjuice.

Om lidt er rundstykkerne klar.
Skat ... jeg spiser klidbrød.

Om lidt er badet klar.
Skat ... jeg er vinterbader.

Om lidt er avisen klar.
Skat ... jeg dyrker yoga.

Om lidt er bilen klar.
Skat ... jeg tager cyklen.

Om lidt er bøffen klar.
Skat ... jeg spiser grøntsagsbøffer.

Om lidt er sengen klar.
Skat ... jeg elsker mig selv.

Om lidt er jeg smuttet.
Skat ... jeg klarer mig selv.

Om lidt er jeg borte.
Skat ... Skaat ... ... Skaaat ... ... ?

Føj

Eksisterer lighed …
er den her om føje år?

Eksisterer ærlighed …
er den her om føje år?

Eksisterer kærlighed …
er den her om føje år?

Eksisterer jeg …
er jeg her om føje år?

Eksisterer livet …
er det her om føje, føje år?

Eksisterer jorden …
er den her om føje, føje, føje år?

Eksisterer solen …
er den her om føje, føje, føje år?

Eksisterer universet …
er det her om føje, føje, føje, føje år?

Eksisterer eksisterer?

Fornem

Fornuften fordufter
for forelskelsen forelsker sig.
Impulserne pulserer
for sanserne sanser.

Nærhed er nødvendig
for nærheden er nær.
Betagelsen betager
for pulsen pulserer.

Ømheden ømmer sig
for kroppen bliver kropslig.
Fornemmelser fornemmer
for realiteter bliver reelle.

Præservativer præsterer
for drifterne er driftige.
Bekræftelser bekræftes
for energien bliver energisk.

Meningen giver mening
for retningen får ret.
Tankerne tænker
for forventninger forventer.

Afstand er afsindig
for længslerne længes.
Prøvelserne er på prøve
for forsøgene forfejler.

Indstilling til omstilling

Værdier

Hvilke værdier
skal du have i dit liv
det kommende år?

Tjah, hvilke værdier?
Hvad er der mon af værdier
ud over penge og kærlighed?

Hm – nogen forslag?

Tabe mig!
Men er det en værdi?
Mig – mig – mig?

Har en værdi mon ikke
noget med andre at gøre?
Tabe os?
Danmark skal blive slankere.
Bælterne skal spændes ind.

Det er mit forsæt
-undskyld – vores.
Denmark first!

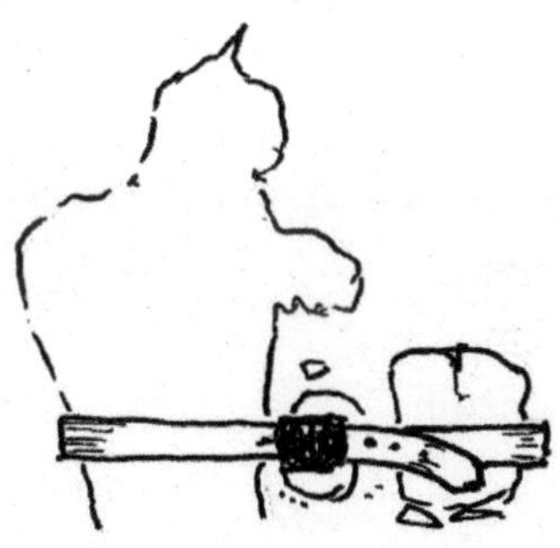

Oplader

*Hvornår bliver du glad
og lader op?*

Ha! Det er et af de lette spørgsmål.

Jeg bliver glad,
når Danmark vinder i bold
og ...
når solen skinner,
og jeg kan tage mig en øl
når jeg bliver tørstig.
Og en god frokost i weekenden
med snaps og skippersild.
En kringle eller gerne to
til eftermiddagskaffen.
Jeg glæder mig til culottesteg
med bearnaisesauce,
pommes frittes
og gerne lidt coleslaw.
Uhm - duften og smagen
af en god men ikke dyr rødvin.
Senere en kop sort kaffe,
en cognac og et par småkager.
Og så måske lige en godnatbajer.
Så er jeg glad
og ladet op.
- med kalorier.

Hvornår

Er der noget i dit nuværende liv
som skal ændres som følge af
nye værdier i dit liv?

Hm ... Hvad skulle det være?
Tænke, tænke ...

Nåh ja.
Tænke over,
hvad jeg spiser.
Tænke over,
hvor meget jeg spiser.
Mellemmåltider må væk.
Snaps til silden
kan vel også undværes.
En energidrik
i stedet for en øl.
Lidt mere motion,
så maven bliver en sixpack
i stedet for en onepack.

Om en uge skal jeg til Korfu
med flymad og all inclusive.

Så det må blive derefter.

En lytter

Prøv ikke at få din mand
til at dele følelser
som om han var en veninde.
Det dræber passionen.

Nåh sådan og derfor.
Det var klogt sagt.
Nu forstår jeg bedre.
Men hvis hun nu gør det,
hvad gør jeg så?

Du skal bare lytte og lytte.
Ikke komme med løsninger
eller forslag.
Du skal bare lytte og lytte.
Ikke noget med at berolige.

Slap nu af.
Det går nok.
Det skal du ikke bekymre dig om.

Lytte, lytte, lytte.
Så løser hun det hele selv.
For løsningen er
at hun bare vil fortælle
om problemet
... ikke løse det.

Og sådan er vi så forskellige.

Huletid

Luk munden
når du er sur på hende,
mand.

Fald ned først.
Tal med en ven eller en terapeut
før du lufter det for partneren.
Gå en lang, lang tur.
Stress af.
Tag din huletid,
så du er i stand til
at åbne dit hjerte.

Så vil hun sige
mange mange tak
fordi du tog den pause,
så du kunne finde fodfæste igen
og åbne dit hjerte.

Det gjorde jeg så
... tog min huletid.

Hun var oprørt:
Hvorfor skred du bare
uden at sige noget.
Jeg var jo lige i gang
med at forklare dig
hvad jeg mente.
Og så går du bare!

Selvforkælelse

Giv dig selv kærlighed,
kvinde.

Hvis du føler
du giver og giver
og får for lidt tilbage
kan du blive bitter
og bebrejdende.
Giv i stedet
mindre til din mand
og lidt mere til dig selv.
Øg din mig-tid.
Det er selvforkælelse,
selvpleje og sociale aktiviteter
uden din mand.
Det kan bryde den onde cirkel.

Og så var det lige jeg tænkte
at sådan har hun da altid fungeret,
og om det nu ikke snart
er mandens tur
til selvforkælelse
for nu er terrassen repareret,
cyklen lappet,
brændet hugget
og stablet,
græsplænen slået.
Grillen er tændt,
og vinen trukket op.

Omstilling

Nu er der gået
14 milliarder år
siden mit univers blev født.
Og her er jeg så
med mine
125 milliarder
hjerneceller.
Med 4 milliarder
flere celler i hjernebarken
end kvinderne.
For hjernen er fortsat designet
efter de opgaver
vi påtog os i stenalderen.
Hvor manden var jæger,
modig og aggressiv,
koncentreret om én ting,
og en blærerøv når fangsten var i hus.
Hvor kvinden skulle sørge for hele lortet
med boplads, børn og mad,
samarbejde med de andre kvinder
og overskue flere ting på én gang.

Lever hjernen i dag mon stadig
i fortidens skygge,
nu hvor maden hentes i supermarkedet,
nu hvor bopladsen er en to plus to,
nu hvor børnene passes af andre?

Moralen

På Møn er der en kirke
med kalkmalerier.
Her kan man se Judas
begå selvmord
for næsen af to djævle.
Den ene trækker
gudhjælpemig
et menneskebarn
ud af Judas mave.
Er det Judas som uskyldigt barn
der reddes ud
mens den voksne rødhårede Judas
kan hænge og dingle i rebet
og skamme sig over
at have forrådt Jesus?
Den grå djævel ses
med en jokers hår,
stirrende øjne
og den røde tunge slasket ud
mellem de mange tænder.
Hvilken inspiration til
enhver børnetegning
og en skræk i livet til den voksne synder.
Advarsler, skræk og gru.

Her kan man se hvad der sker,
når moralen svigter.
Dengang var der
grund til at gå i kirke.

Lige børn

Ingen forskel
på dig og mig
og alle de andre.
Lige børn leger bedst.

Og så var det jeg blev forelsket i Inger.
Faderen var højesteretssagfører.
De to sønner var jurister.
Ved middagsbordet en søndag
var familien samlet.
De spiste med kniv og gaffel,
så det gjorde jeg også,
søn af en invalid handelsgartner.
De talte om deres juridiske sager
sådan helt naturligt.
Det gjorde jeg ikke.
Jeg lyttede uforstående.
Ingen stikord til mig.
For at sige det lige ud:
de opdagede mig slet ikke.

Kort efter skiltes vores veje.
Hun læste jura.
Jeg aftjente min værnepligt.
Koderne mellem de sociale lag
kunne ikke aflæses.

Sammenhængen forvitrer.
Lige børn skaber social blindhed.

Hvor vildt

Alle veje fører til Rom!
Men hvad med dem,
der rejser ud i rummet
med en ildkugle i røven
på vej mod det endeløse?
Skuende ned på en blå planet,
der bliver mindre og mindre.
Vægtløs i en klaustrofobisk rumkapsel.
Skærmet mod ultraviolet bestråling.
På vej væk fra al det kendte,
familien, datteren og vandet.
Totalt afhængig af teknikken
og teknikkerne og opfinderne,
og videnskabsmændenes beregninger.
Ud mod det ukendte
endnu ikke betrådte.
Er der ilt nok?
Er der mad nok?
Er der vand nok?
Er alt som planlagt i mindste detalje?
Med livet som indsats.
Kommer vi hjem igen?
Er beregningerne korrekte?
Radiokontakt og computere.
Intet må svigte!

Jeg følger det intens på tv
med krydsede fingre.

Fuld fart frem

Rastløsheden pumper rundt.
Motoren står og brummer
i tomgang.
Fødderne er klar til afsæt,
til næste jagt på identitet
og mening.
Klar til at kaste mig ud
i bedrifter og umuligheder.
Klar til at give den gas,
få fuld fart frem
i et nyt projekt.
Det er nødvendigt
siger en indre stemme,
må ikke gå i stå.
Har netop været på træningslejr,
vandret i bjerge,
stået på surfboard,
cyklet om kap
og stået på hovedet.
Jeg er kommet i topform,
forbedret mine odds,
forøget min værdi
på arbejdsmarkedet.
Men pludselig slår det mig
at jeg har mistet målet.
Hvilket skridt skal jeg tage
når jeg har mistet retningen
og vil have det hele med?
Eksploderer.

Kærlighed

Kærlighed er
magi
tiltrækning
romantisk forestilling
forventninger
eufori
drifter
stævnemøder
dating
udvælgelse
forelskelse
lidenskab
formering
evolution

Arrangerede ægteskaber er yt.
Hvad skal parforholdet kunne?
Begrænsning eller udfoldelse?
Følelserne styrer.
Kan de bære på sigt?
Er de langtidsholdbare?

Kærlighed handler om at give -
ikke om at få!
Kærlighed handler om at give -
ikke om at få!
Kærlighed handler om at give -
ikke om at få!

Nyd stilheden

Jeg kan trække mig tilbage
og nyde *stilheden*.
For jeg bor alene.

Her kommer kun det ind
som jeg bestemmer
og tænder for P4
eller er det P5?
Avisen dumper ind ad døren.
Nyhederne studeres.
Det er de samme som i radioavisen.
Sudokuen løses.
Jeg tænder for pc'en
for at tjekke mails og facebook.
Læser dem og svarer beredvilligt.
Tænder for Ipad'en
for at svare på wordfeud.
Jeg læser reklamer
og det enlige brev,
der lå i postkassen.
Betaler regningen med MobilePay.
Mobilen ringer.
"Hjerteforeningen" vil have mig som medlem.
Jeg takker nej,
og tænder for fjernsynet.

For jeg har trukket mig tilbage
for at nyde *stilheden*.
Det er jo derfor jeg bor alene.

Forår

Forårssolen
stiller uret en time frem
og afslører et behov for rengøring.
Vintergækker og krokus
er overtaget af juleroser og påskeliljer.
Kirsebærtræet er pludselig blevet lyserødt
Forårslyngen blomstrer hvidt, lyserødt og mørkerødt.
Alt sammen helt af sig selv.
Forårssolen lokker
havemøblerne hives frem.
Græsslåmaskinen går i gang.
Haveaffald i grønne bøtter
hentes af kommunen.
Naturen vågner
efter at have været i hi.
Selv lægger jeg mig en stund
i den varme sol,
smider skjorten
og trækker op i buksebenene.
Falder hen og vågner med et sæt
med lidt rødme på kinderne.
Henter mig en kølig påskebryg
med den genkendelige gule kylling på
og drikker med velbehag.
Jo, jo foråret er skam noget,
jeg har set frem til,
måske ligefrem ventet på.
Rengøringen derimod må vente
til det bliver regnvejr.

Alder er kun et tal

"Alder er kun et tal!"
lyder det fra den ældre,
der overser rynkerne.
"Jeg er ung indeni!"
Lidt botox her og der,
lidt fyld i brysterne,
kunstige øjenvipper
og stramme læderbukser
fastholder illusionen.

"Alder er kun et tal!"
lyder det fra den ældre,
der har råd til
at blive brun på Tenerife.
"Jeg er ung med de unge,
der spilder deres SU
på smøger og fester,
fis og ballade,
bungyjump og ligegyldigheder."

"Alder er kun et tal!"
lyder det fra den ældre,
der har tre børn
og et barnebarn.
"Jeg er ung som de unge
går til fitness og yoga.
Løber og spiser økologisk.
Er dog lidt træt for tiden
og har ondt i mine knæ."

Mødet med nutiden

13 dollars

Hov, hvad er det?
Er der hævet 13 US Dollars
fra Luxembourgh på min konto?
Spærrer straks mit Dankort
og søger banken om erstatning.

Et nyt hævekort skal anskaffes.
Nu skal jeg huske at ændre
Rejsekort.dk,
Brobizz.dk,
Tennis.dk,
Apple.com,
Coop.dk,
og hvad ved jeg.

Heldigvis kunne jeg
beholde min gamle kode.

Nu er der gået et halvt år
og jeg må huske
at rykke banken
for de 13 US Dollars.

Og så er det jeg spørger mig selv.
Var det de 87,84 kroner værd?

Jeg vidste ikke

Jeg vidste ikke det ville undre mig
at et ældre svensk ægtepar
på sædet ved siden af mig i flyet
havde købt så mange toldfrie varer
at de fyldte hele rummet
til håndbagage.

Jeg vidste ikke det ville irritere mig
at en dame i bussen
på sædet bag ved mig
i de to timer det tog til hotellet
snakkede uafbrudt
med en gennemtrængende
skurrende stemme.

Jeg vidste ikke det ville forbavse mig
at den unge pige ved siden af mig i bussen
ustandselig tog sin mobil op
og med dansende tommelfingre
var i stand til at navigere
og skrive uafbrudt
i de to timer turen varede.

Jeg vidste ikke hvor befriende det var
at lægge mig på liggestolen i strandkanten,
kigge på det blikstille hav,
og bare lade mig varme igennem
af den sene eftermiddagssol
på Kleopatrastranden.

Vær beredt

Tjek altid for flåter
umiddelbart
efter en tur i naturen.
Et lille kryb
på vel 2-3 millimeter
truer mig
og mit forhold til naturen.
Og jeg som troede,
det var ulven.

Nu skal jeg gå i lange bukser
med strømperne
ude på buksebenene,
langærmet skjorte
og bredskygget hat.

Jeg skal besøge
Rødhættes mormor,
der bor ude i skoven.

Skal jeg tage myggespray,
kølespray,
pincet
og min haglbøsse med
for en sikkerheds skyld?

Æg

Undgå madspild.
Lav omelet med resterne fra i går.
Æg er en vigtig del af en alsidig kost,
også for mig med hjerte- og kolesterolproblemer.
Et blødkogt æg til morgenmad.
Hårdkogt æg med sildemad til frokost.
Det giver proteiner og omega3.
Og tænk
æg belaster klimaet mindre
end kylling og oksekød
men dog mindre end grøntsager.

Som barn lærte jeg
at det ikke er rart at være æg.

Efter at være klemt ud af en hønserøv
lægges man på køl.
Så bliver man kogt i 4 minutter,
får en skyller under den kolde hane,
og så får man én på skallen
og ædes.

Det er åbenbart ikke alle
der bliver til en smuk påskekylling
selv om man har ligget i et hønseæg.

Skallerne skal i skrald
sammen med bananskræld og kød og knogler.

Det har jeg aldrig sagt

Ny teknologi
kan få folk til sige ting
de aldrig har sagt.

Trump siger
at han elsker mexicanere,
da han har mange til at arbejde for sig
i hotellerne til en dejlig lav løn.

Løkke siger
at han kun vil samarbejde
med socialdemokratiet og vil droppe
alle de andre mærkelige partier.

Jeg siger
at jeg vil krydse fingre
for alle stakkels flygtninge,
fattige og forfulgte
der har rent mel i posen.
Sørge for at blive brun på ferierne
og drikke godt med vand eller andet,
da jeg jo er oppe i årene.
Slut med junkfood,
og alt hvad der er spild af tid.
Papir skal i papir,
og plastik i plastik.
Klimaet skal have en chance,
så jeg spiser aldrig mere kød,
der bøvser eller prutter.

Det ser sort ud

I Afrika bliver man mere og mere solbrændt
Jo længere mod syd.
Ved ækvator bliver man helt sort,
og ligner mest af alt en neger.
Og om føje år er der dobbelt så mange.

Helst vil de leve i store byer
men der er der ikke plads.
På landet er der masser af plads
men mangel på vand og mad,
så her går de rundt og tørster og sulter.

Med arbejde er det så som så
for der er ikke noget at få
så de elsker hele dagen.
Kondomer er der ikke mange der får
og p-piller koster en bondegård.

Så masser af drenge spiller masser af fodbold.
Enkelte bliver opdaget og får arbejde i klubber
i Europa og andre steder.
Resten af drengene begynder at gå
med et håb mod håbløse drømme.

De sorte forsvinder
i de sorte huller.
Relationsteorien virker,
mens relationer og teorien forsvinder.

Prisværdig

Hvor meget er mit liv værd
Sådan alt i alt,
rent statistisk og gennemsnitlig,
hvordan man så end regner det ud.
Og det har Det Miljøøkonomiske Råd,
hvad det så end er og befinder sig
- måske udflyttet til Bælum Krat.
Rådet spørger mig
og en masse andre i alle aldre,
hvor meget vi er villige til at betale
for at mindske risikoen for at dø i trafikken.
Og så regne, regne, regne.
30 millioner er jeg værd.
Det er VSL,
Værdien af et Statistisk Liv.
Så meget er jeg altså værd
i løsesum og løseligt regnet.
For så mange penge bruger samfundet
på at sørge for
at jeg ikke dør i trafikken,
af luftforurening,
global opvarmning og tsunamier.

Hvis det står til mig,
har jeg ikke tænkt mig
at hæve disse penge.
De er vel givet godt ud.

Robin Hood

Jeg kender ikke nogen
af de 50 rigeste i verden.
Dem med penge i skattely,
fordi de tænker at jeg nok bare
vil klatte dem væk på en ferie i Alanya,
når man nu i stedet kan spare op
til en tropeø og sin egen hacienda.
Og at de vil blive brugt på unyttige broer
når man nu har en yacht med helikopter.

De må jo få pengene et sted fra.
Det kan da ikke være fra de fattige,
der kun tjener 13 kroner om dagen
med udsigt til 5 øre i lønstigning.

Når 50 ejer lige så meget
som 5 milliarder fattige,
så må der jo være en grund.
En omvendt Robin Hood måske.

Tænker jeg og tager en tur til Alanya,
da jeg ikke har nogen hacienda.

Kaos

I Europa er der kaos
I klimaet er der kaos
I havene er der kaos
I mit hoved er der kaos

I USA er der kaos
I Cyber er der kaos
I Arktis er der kaos
I magten er der kaos

Orden er i uorden
Der er bøvl med Brexit
Uroen ulmer
Og banker får bank

Truslerne truer
Oprustningen ruster sig
Flygtninge flygter
Verden er i fare

Er det bare mig
Der har fået nok
Og er blevet immun
Over al den kaos?

Er det bare mig
der lukker af og håber på
nogle år i fred
og at nogen tager ansvar?

Så stop dem dog

Så var det jeg tænkte på
noget jeg har hørt:
Lad falde hvad ikke kan stå,
når toget er kørt.

Men det bliver værre og værre.
300 babyer dør hver dag
i krig og konflikt
i Afrika og Mellemøsten.
100.000 babyer dør om året
inden deres første lys pustes ud.
Skolebusser med skolebørn
tilintetgøres med vilje
så modstanderen svækkes.
Skoler indtages til militære formål,
for børnene skulle nødigt blive klogere,
mens militser voldtager de små.

Men hvad kan jeg gøre
andet end at væmmes og græmmes?

Mine penge er ikke i skattely.
Jeg betaler min skat med glæde.
En stor del af dem – ja dem alle –
må da gerne bruges
til at stoppe de satans krapyler.
For systemet fungerer jo
- ikke?

Helt ude i skoven

Jeg har et forslag.
Vi går en tur i skoven.
Her bestemmer *du* et emne,
f.eks. hvad vi skal i sommerferien.
Jeg må ikke afvise emnet.
Og så fortæller du mig langsomt,
hvad du synes
og så skal jeg gentage det.
Bagefter fortæller jeg,
hvad jeg synes,
og så skal du gentage det.
Herefter er det min tur
til komme med et emne
f.eks. at vi skal elske en gang om dagen.
Og du må ikke afvise emnet...!
Hvilken skov havde du tænkt dig?
Hvad med Brøndbyskoven?
Nej, så hellere en tur langs stranden.
Hvad så med Trylleskoven?
Og hvorfor er det lige mig, der skal starte?
Jeg kan da også starte.
Du svarer ikke på mit spørgsmål.
Og det der med en gang om dagen -
det kan du godt glemme.
Jamen, det er jo bare et eksempel.
Nå, men hvornår skal vi så?
Hvad med på søndag?
Der har vi lovet at hjælpe min mor.
Det ved du da. Har du allerede glemt det?

Røven i klaskehøjde

Arten homo sapiens
udryddede neandertalerne,
siger de kloge.
Også selv om de havde hjerner,
der var større end min.
Jeg har endda 100 milliarder nervetråde,
som i alt er på over 6 millioner meter.
Kilometer!
Nåh – tak for det.

Men personligt tror jeg på
at nogle neandertalere stadig lever.
At de er på retur er en kendsgerning.
Selvmordsbombere overlever sjældent,
Hitler begik selvmord
Osami bin laden, Saddam Hussein
og Muammar Gaddafi er endt
på de evige jagtmarker.

Men der er stadig nogle hjerner
med nervetråde
på under 6 millioner kilometer
skulle man tro
som forstår at sætte deres røv
i klaskehøjde.
Ingen nævnt – ingen glemt.

Forestilling

Jeg kan forestille mig noget
der ikke findes.
Og jeg kan tale med andre om det.
Mon ikke det er netop det,
vi mennesker kan.

Vi kan forestille os ting.
Vi kan drømme om ting.
Vi kan opfinde ting.

Tanker og ideer er myldret frem
I århundreder.
De har skabt grænser,
nationer, penge, kapitalisme,
religion, kreditkort og MobilePay.

Den kollektive fantasi
må kunne løse klimakriser, krige,
flygtningeproblemer,
social uretfærdighed
være loyal over for alle
og vores blå planet.

Selv videnskabsmanden og lægen
har ret til at tro på jomfrufødsel,
som andre har ret til at betvivle.
Mental fleksibilitet er hemmeligheden
bag menneskehedens succes.
Respekt! Men magtkamp er fiasko.

Pas på fremtiden

Opdatering

Jeg har fået ny hofte,
en pacemaker,
nye fortænder,
en ansigtsløftning
og fedtsugning.
Så nu ligner jeg slet ikke mig,
og har derfor overvejet
at tage navneforandring til John.
Men det må lige vente
til efter at jeg har fået indopereret
implantaten på min synsnerve,
så jeg kan være koblet på Google.
Men måske kan jeg lige så godt
få indopereret en mobiltelefon,
altså chippen eller sådan,
for så har jeg hele pakken.
Kan være på Facebook, spille spil,
se film, få e-mails og snakke i telefon.
Måske det hele på én gang.
En maskine er jo 100 gange hurtigere
end den menneskelige hjerne.
Og så er John måske for ordinært.
John Borg er nok bedre
Eller nu har jeg det:
Cy Borg.

Jeg glæder mig

Jeg er ved at spare op
til min personlige robot.
Hun skal have en god figur
og naturligvis et sødt ansigt.
En behagelig personlighed
og en blød stemme.
Empatisk og trofast.
Gerne med humor og lidt drilsk.
Sådan omkring de 30 år
med ungpigebryster og en sød numse.
Hun skal naturligvis også kunne
servicere mig med alt
hvad det indebærer.
Selvfølgelig er jeg klar over
at jeg får hvad jeg betaler for.
Men jeg får nok snart råd til
en luksusmodel, model *Lara*,
eller i hvert fald én der kan opdateres.
Gerne med et halvdags kontorjob,
som hun kan klare hjemmefra.
Hun skal også kunne rejse med fly
og sendes som stort bagage.
Jeg glæder mig allerede
og håber inderligt
det nye katalog holder,
hvad det lover.
Men ellers er der vel en prøvetid
og 14 dages returret.

Robotter stjæler

Robotter stjæler arbejdspladser.
I løbet af 15 år er sikkert halvdelen
af de arbejdspladser vi kender i dag
erstattet af robotter.
Men der skal mange robotter til.
Og de skal vel også konstrueres
designes, fabrikeres, sælges,
transporteres og repareres.
Og materialerne skal anskaffes
Og de robotter
Der skal fabrikere robotter
skal vel også konstrueres
designes, fabrikeres, sælges,
transporteres og repareres.

Og det er der så nogen der skal.
Så var det jeg tænkte
At det jo nok går lige o-p op.

Og alt i alt er det nok sjovere
at konstruere en robot
end selv at være en.

Der skal også robotter
på plejehjem og i skoler
Og så er der nok andre end mig,
der køber sig en model *Lara*.
For fremtiden er kommet for at blive.

Det findes

Jeg kunne godt tænke mig
at opfinde en slags hjernemodul
så jeg med mikrobevægelser
kan styre min iPad med hjernen.

Jeg kunne godt tænke mig
at opfinde et slags "kæledyr"
som aflæser mine hjernebølger
for at kunne logre med halen
og vippe med ørerne.

Jeg kunne godt tænke mig
at opfinde en natlampe
der ved at udsende lys
på en bestemt frekvens
får mig til at sove
og vågne udhvilet.

Jeg kunne godt tænke mig
at opfinde en dims
der på 10 minutter
kan afstresse mig
og booste min energi.

Og så var det jeg opdagede,
at det allerede findes.

Gad vide

Kan jeg gå i hundene?
Kan jeg være der som en mis?

Kan jeg knibe mig i armen?
Kan jeg knibe en tåre?

Findes den afskyelige sneman
Findes en spøgefugl?

Kan jeg tage det som en manc
Kan jeg falde til patten?

Har en kat ni liv?
Hvor mange liv har to katte?

Kan jeg være en bogorm?
Kan jeg være en læsehest?

Findes der nullermænd?
Findes der tørvetrillere?

Er der guld for enden af en regnbue?
Er der mon en formue?

Så er jeg smuttet.

- CHEF. JEG ER HELT
  RUNDT PÅ GULVET!
- HAR DU OGSÅ FIS
  I KASKETTEN?
- NÆH...NEJ
- SÅ KOM NU, FOR ELLERS..
- OK, CHEF. JEG ER DER
  OM TI MINUTTER.

Nåh sådan

Jeg har noget i hjernen
der hedder *amygdala*
på størrelse med en hasselnød.
Jajada.
Det er den der sørger for
at mine fingre flytter sig
med chok og lynets hast
når jeg rører noget
der minder om en lodden edderkop
eller en mus
eller en kobraslange.

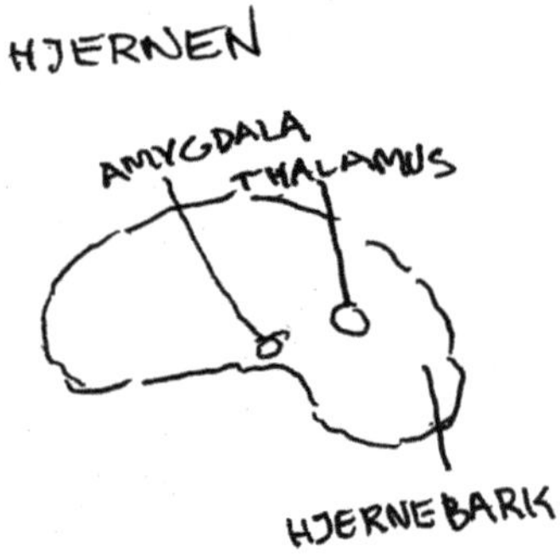

Og så har jeg noget i hjernen
der hedder *thalamus*
på størrelse med en valnød.
Jajadu.
Det er den der sorterer impulser.
Edderkoppen sender den direkte
til amygdala så alarmen går i gang.
Men den sender også impulsen
til hjernebarken, så den kan finde ud af
om edderkoppen bare er af plastik.

Det er rart at få at vide,
hvordan jeg fungerer,
også selv om jeg godt vidste det i forvejen.
Nåh sådan. Nåh derfor.

Klar parat

Mogens og konen
er pensionister.
De går til fitness.dk
hver torsdag klokken 10-11.
Det styrker deres
sammenhold og lårmuskler,
så de er fit for fight
til tennis og krydstogter.

Motorbåden er klargjort,
passet og plejet og nu søsat.
Fortiden er opgjort,
nedskrevet og afsat
til familie og nære venner.

Selv er jeg stoppet med løbebånd og jern.
Min daglige avis dumper ind af døren.
Den er lidt rød
mens jeg selv er lidt blå,
og det sætter gang i de grå.
Jeg løser sudoku
og krydsord på tværs
og sænker mit blodtryk med en pille.

Haglbøssen er klargjort til jagt
og jagthornet har fået et trut.
Et digt er skrevet
og ketcheren er klar.
for jeg skal spille med Mogens.

Fjender

En fjende er én,
der vil mig noget ondt,
tage noget fra mig
forringe mine vilkår,
bestemme over mig,
formindske min frihed
- for at forbedre egne vilkår
og interesser.

Når politikere
skaber fjendebilleder
tænker jeg umiddelbart
Uhadada det lyder godt nok som noget
man skal passe på.
Og hvad er mere nærliggende
end at stemme på det parti,
der har opdaget fjenden,
og som vil fjerne truslen.
Politikerne og medierne udråber
lande, religioner, flygtninge
som vores fjende.
Men det er i virkeligheden magten,
der er vores fjende.
Den magt, der vil have magt over andre.

Ved uenighed bestemmer flertallet
med videst mulig hensyn til mindretallet.
Det er ikke magt
Det er demokrati, folkestyre.

Fjendebilleder

Jøderne var ikke fjenden
men midlet
til at finansiere nazistens magt.

Muslimerne er ikke fjenden
men midlet
til at udrense et folkeslag.
I Kosovo levede man side om side
indtil fjendebilledet blev skabt.

En religion kan samle et folk.
Men den skiller også et folk
i troende og ikke troende.
Udstyr de troende
med kors og sværd
så har vi balladen.

Ideologier, systemer, nationer
kan samle et folk.
Men den skiller også et folk.

Fjenden er den magt,
der udbreder fjendebilleder
og udstyres med våben og license to kill.

Alle er vi født på en blå planet
med ret til i fred at leve og dø.

Om at vælge

- JEG SKAL TISSE
- SÅ BRUG DE TOMME
  FLASKER
- KOMMER VI SÅ
  HURTIGERE NED?
- TÆNK DIG NU OM ...

Kultur

Jeg optimerer min mentale fitness
… hm …
holder hjernesvingningerne i form
for at opnå det jeg vil.

… Jamen …
Den idé fylder mig med ubehag,
indvender Svend.
Så står folk bare der
og kigger sig selv i spejlet.

… Nåh ja …

… Hør her …
Hvad er dét for en kultur?
I stedet for at være sammen
og hjælpe hinanden!

… Sig mig, Svend …
Er du egentlig klar over
hvor svært det er at klippe sig selv
- særligt i nakken,
for det gør jeg nemlig.

… N..øh …

Dit valg

Hvis det hele er slut når jeg dør,
så kan det også være lige meget
alt sammen.
Så er der ingen mening
med noget som helst.
… suk …

… Jamen …
siger Svend.
Du kan lige så godt sige,
At når du kun har ét kort liv,
så er det bare med
at gøre sig umage.

… Nåh …
Det hele afhænger altså bare af
Hvad jeg vælger?

… Øh, ja …

… Jamen …
Når jeg vælger noget,
vælger jeg jo også noget fra.

… Netop …
Du vil altid gå glip af det,
du ikke valgte.
Du er det, du valgte;
men også det, du valgte fra.

Pokkers

... Men Svend ...
Hvad nu hvis jeg vælger forkert?

... Tjah ...
Alle valg har konsekvenser.

... Suk ...
Det er jo det,
der gør det svært at vælge.

... Ja ...
Derfor skal du stoppe med
at kigge dig selv i spejlet et øjeblik.
Spørg dine venner til råds
og dan dig så din egen mening.

... Øh, jamen ...
Hvis de er uenige,
så skuffer jeg jo dem
der er uenige i mit valg.

... Hør her ...
Det er dig der skal leve
med konsekvenserne.
Det er dit liv – dit valg.

... Nåh, ja ...
Pokkers også.

Principcipper

... Men Svend ...
Når jeg nu skal vælge.
Er der så ikke nogen retningslinjer,
nogle principper?

... Jo da ...
Du bør vælge efter,
hvad du synes er
- *Interessant*
- *Spændende*
- *Moralsk*
- *Etisk*
- *Udviklende*

... Øh ...
Alt sammen på én gang.

... Netop ...
Alt sammen på én gang.

... Jamen Svend ...
Jeg skal bare se en film
med min kæreste
og vi skal ud at spise.

... Klart ...
Samme principper.
Hyg dig.

-HELT PRINCIPIELT
BØR MAN HAVE
NOGLE PRINCIPPER

- HM

Det koster

... Men Svend ...
Jeg er over 50 og single.

... Ja ...

... Øh ...
Jeg har ikke nogen børn.

... Ok ...
Samme principper, du!

... Nå ...
- Interessant ... ja
- Spændende ... ja
- Moralsk ... nej
- Etisk ... nej
- Udviklende ... nej
Kun to ja-er, Svend!

... Aha ...
Det er dit valg.
Tænk på konsekvenserne!

... Suk ...
Hvad med frihed?

... Klart ...
Samme principper, du.

Et svært valg

... Du Svend ...

... Ja ...

... Øh ...
Jeg har ikke nogen
at få børn med.

... Nå dada ...
Kærlighed kommer ikke af sig selv.
Samme principper.

... Nåh ja ...
- Interessant ... ja
- Spændende ... ja
- Moralsk ... nej
- Etisk ... nej
- Udviklende ... nej
To ja-er, Svend.

... Hm ... Tjah ...
Det er dit valg.
Tænk på konsekvenserne!

... Tænke, tænke ...
Det bliver dyrt, Svend!

... Selvfølgelig ...
Samme principper, du!

Chancen

... Du, Svend ...
Alle kvinder har stress.

... Nåh ...
Vel ikke dem alle sammen.

... Jov ...
140.000 er der af dem
mellem 30 og 40 år.
Og det er jo dem ...

... Ok ...
Du må tage en chance.
Det er en del af livet.

... Hør her ...
De lider af hovedpine
søvnløshed,
tristhed og
koncentrationsbesvær,
de bryder sammen
og græder enormt.

... Nåh ja ...
Samme principper, du.

... Hm ...
Jeg tror jeg springer over.
Tak for hjælpen, Svend.

Massen i krise

Den tabte selvtillid

"Hej!"
"Hej!"
"Hej!"
"Nå, det er dig, Massen!"
"Ja, det er mig!"
"Må jeg komme ind?"
"Ikke hvis du vil stjæle min I-pad!"
"Stjæle din I-pad?"
"Hvorfor vil du ellers ind?"
"Jeg vil bare gerne snakke med dig."
"Som du ønsker." Jeg åbnede døren for Massen, der høfligt stillede sine sko i entréen.
"Jeg kan se du har taget en pose med, og den rasler."
"Ja, jeg tænkte, at vi … sig mig hvorfor har du ikke noget tøj på?" spurgte Massen forundret.
"Jeg var ved at skrive et digt om nudister og fordelen ved at være nøgen, når man går i bad. Og så var det jeg selv ville prøve om det er en fordel … men jeg kan da låne dine sko, hvis det er et problem for dig."
"Nåh, næh …!" svarede Massen med et lille skuldertræk og gik ind i stuen. "Jeg … øh … har altså noget vigtigt at snakke med dig om."
"Ja. Jeg er altså ikke helt færdig med digtet, men det kan jo vente, hvis du har vigtigere ting på hjertet, hvad jeg ikke kan forestille mig." sagde jeg lettere henkastet.
Massen sendte mig et blik, der straks fik mig til at smutte ud i badeværelset og kaste et badehåndklæde om mig.
"Hvorfor klirrer din pose?" spurgte jeg for ligesom at starte et sted.
"Som du ved er jeg for cirka en måned siden blevet arbejdsløs …!"

"Og nu er du begyndt at drikke og samle flasker. Jeg ser en sam-
menhæng."
Massen kiggede bestemt på mig og gentog: "Som du ved er jeg
blevet arbejdsløs, og …"
"Det hedder ikke arbejdsløs. Det hedder arbejdsfri." Afbrød jeg
skånselsløst. "Du kan slippe en hund løs …"
"Hold nu op. Du ved jo godt, hvad jeg mener!" svarede Massen
og hans røde hår syntes pludselig rødere.
Det fik mig til at udbryde: "Jeg går lige ind og får noget tøj på,
nu da du ikke er kommet for at stjæle min I-pad. Og så finder du
lige et par glas frem."

Jeg hørte glas klirre, og da jeg kom ind i stuen iført anstændigt
tøj lød der et plop, og jeg så at Massen skænkede rødvin i mine
krystalglas.
"Du har taget mine fine glas frem, har jeg bemærket. Så det må
være en god rødvin, du har trukket op."
"Sæt dig nu lige ned. Jeg må snakke med dig."
"Jeg sætter mig og drikker. Og så snakker du."
"Hør nu. Som du ved er jeg arbejdsløs."
"Arbejdsfri!" rettede jeg. "Skål"
"Ja, skål …!"
"Vil du høre mit digt om nudistens fordele ved at gå i bad uden
tøj?" spurgte jeg for at få Massen til at finde ro.
"Hvis det ikke kan vente til …!"
"Tak, Massen. Du er min bedste ven. Hør så her:

*En nudist har ingen tøj
på patter og på dusk.
Og dét er der sikkert nogen,
der synes er noget sjusk.*

Men sagen er nok den

"Det er jo sandt nok." sagde Massen. "Men det er nu ikke noget for mig at bade nøgen. Men nu skal du høre ..."
"Du afbryder, Massen. Digtet er ikke færdigt. Det fortalte jeg jo, da du kom, men jeg nåede altså lidt mere:

Men da badetøj skal tørre,
og dusken ligeså
Så er det ulig nemmere
uden badetøjet på.

Ja, så nåede jeg ikke længere. Hvad synes du?"
"Nåh, joh, jah ... Jeg vil gerne spørge dig ..."
"Du er altså vildt begejstret kan jeg høre. Så det var måske lige noget med et digt mere? Du nikker entusiastisk så beskeden du er. Ok så hør her:

"Opfør dig ordentlig"
er ikke så vigtig
at sige til børn.
Det skal de nok
få lært hen ad vejen.
Vær blot det gode eksempel.

Vigtigere er det at lære
at ord og handling
har konsekvenser.
For dem kender man
først med alderen.
Den erfarne kan hjælpe på vej.

"Det er jo sandt nok. Et udmærket digt. Men som du ved er jeg arbejdsløs …"
"Arbejdsfri, Massen. Når man slipper en hund løs er den fri så længe det varer."
"Ja, ja men konsekvensen er at vi en tid har gået hinanden på nerverne …"
"Det havde jeg ikke lige set komme. Jeg troede ellers vi to havde det helt fint!"
"Ikke dig og mig. Derhjemme."
"Ja, lediggang er roden til alt ondt, Massen. Du kan komme og gøre rent hos mig …"
"Ja, tak, du. Det var jo netop det, jeg ville spørge dig om."
"Hvad med mandag, onsdag, fredag. Så kan du også lige nå vasketøjet og opvasken."
"Kan jeg … bo … hos dig … en tid?"
"Bo hos mig? Så skal *vi to* til at gå hinanden på nerverne."
"Det er bare en tid. Jeg vil hurtigst muligt prøve at få mig et arbejde og finde et sted at bo!"
"Ja, jeg advarede dig jo, da du skulle giftes. Og nu har du to børn! Du skal huske at lytte til den erfarne, Massen. Det er det, der er galt med dig. Altid vil du erfare det hele selv."
"Jeg tror, hun har fundet en anden."
"Vrøvl. Hun finder aldrig en, der er så rødhåret som dig."

Slip konen løs
og stik fløjten i lommen.
Smid hundeskålen
og lækkerbidderne ud.
Klip halsbåndet i stykker,
smid madskålen
og gps'en ad helvede til.
Find ud af om det er dig,
der er hunden.

"Pyh ha, nu må poeten her lige trække vejret et øjeblik for at overveje om der er grobund for yderligere at øse af min store og berigende erfaring."

Massen sad tavst og stirrede tomt ud i luften. Jeg kunne se at han tænkte og gav ham lidt tid. Jeg nåede at skænke op af hans vin ... to gange til mig. Massen havde endnu ikke rørt sit glas.

"Skål, Massen." Massen kom ud af trancen og hævede glasset. "For friheden!"

"For friheden!" gentog Massen lavmælt og indadvendt.

"For friheden!" råbte jeg.

"For friheden!" råbte Massen.

Jeg rejste mig og fik Massen med op at stå med højt hævet glas: "For friheden!" gentog vi samtidig så højt vi kunne til vi ikke kunne mere mens jeg havde taget Massen i hånden så vi sammen dansede en sejrsgang rundt i stuen og ud på altanen.

"Er det ikke Sverige, derovre? Og så fik vi et grineflip. "Og hvorfor har du en cykel heroppe." Og så grinede vi igen.

"Jo ser du, Massen, jeg havde tænkt mig at cykle til Sverige."

"Kan man da det?" spurgte Massen med lyserøde rynker i panden. Og så var den gal igen. Vi grinede.

"For friheden! For friheden! For friheden!" råbte vi i kor nu med de tomme glas hævet mod Sverige.

"Men hvem fanden gider snakke svensk. Ikke engang dem fra Skåne gider det. Sjyv tyvsinda sjyv hyndrada och sjyvtisjyv!" sagde Massen med munden spidset frem til et smækkys.

"Jeg kan godt, Massen, altså sige det, ikke kysse det, hvis du henter rødvinen."

Massen drønede ind efter rødvinen og skænkede op uden at en dråbe gik til spilde. Vi hævede glassene: "For friheden!"
"Sjov tyvsinda sjov hyndrada och sjovtisjov!" Hahaha.

"Nå, Massen, det kan jo ikke være sjovt det hele. Henter du noget rugbrød og noget pålæg ude i sjæleskabet."
Massen kiggede uforstående eller lidt forundret eller lidt tøvende eller lidt forvirret eller "skal-jeg-agtig" på mig.
"Du skal jo lære hvor sjæleskabet er, hvis du har tænkt dig at slå dine frihedsfolder hos mig."
"Du mener vel køleskabet - og ikke sjæleskabet!"
"Hvis du tager fejl, får vi ikke noget at spise, Massen! Og tag lige to øl med. Jeg er blevet tørstig efter al den svenske snak. Jeg bedækker bordet på altanen i mellantiden før måltiden."

Mat i magan
Mycket mjykt
Skål för själen
Sol og sjin

"Dy fant sjæleskabet. Dy har talanger!"
"Jeg har tabt min selvtillid!" hviskede Massen.
"Du har tabt din selvtillid, siger du. Hvorhenne har du tabt den?" hviskede jeg.
Massen trak opgivende på skuldrene.
"Så må vi jo se at finde den igen. Først må vi finde ud af, hvor du har tabt den! Hvor tror du?"
"Jeg er ligesom handlingslammet. Mit arbejde vil ikke have mig. Min kone vil ikke have mig. Mit hus vil ikke have mig. Jeg orker ikke en skid!"

Selvtillid
Oh tillid til mig selv

Mig selv
Mit selv!
Hvor er mit selv
Hvad er mit selv
Noget inde i mig
Min kunnen
Min viden
Mine evner
Mit helbred
Min tryghed
Mine penge
Mine ting
Mine relationer
Mine venner
Mine børn
Min kone?
Hvad er det jeg har tabt?
Hvem er jeg der spørger?

"Undskyld. Men det digt, hvis du vil kalde det et digt, hjælper mig altså ikke for det er jo de spørgsmål, jeg stiller mig selv hele tiden."

"Hvad så med at svare på nogle af dem. Har du prøvet det. Du er jo en begavet fyr, Massen."

"Jeg kan ikke finde ud af en skid."

"Og så vil du flytte ind hos mig. Du ved jo, hvor uudholdelig jeg er."

"Det er jo det, jeg ved. Jeg ved at du er uudholdelig."

"Så hvis du kan holde mig ud en tid, så får du selvtillid. Er det sådan du tænker."

"Ja, på en måde. For jeg ved hvem du er, og så kan jeg måske bedre finde ud af hvem jeg er ... når jeg nu ved hvem du er."

"Det er da det mest tåbelige, du endnu har sagt, Massen. Prøv

igen eller jeg finder på et nyt digt."
"Ja, jeg øh ... øh ..."
"Ok hør så her:

> *Hvis jeg er mig*
> *så bliver du dig.*
> *Og hvis jeg ændrer mig*
> *så ændrer du dig.*
> *Hvis jeg er mig selv*
> *så finder du dig selv.*
> *Og så er vi os selv.*

"Kan du høre at du stiller store krav til at jeg stopper med at udvikle mig en tid for at du kan blive dig selv. Det offer kan jeg *ikke* tilbyde dig. Jeg har ret til at udvikle mig ... hele tiden. Det er en del af mig selv. Det kan godt være at andre ikke kan se at jeg udvikler mig, men jeg læser Politiken, læser krimier, ser TV og tro det om du vil, ja så møder jeg også kloge mennesker en gang imellem. Selv du, Massen, siger trods alt noget klogt ... engang imellem. F.eks. er det da klogt at du fortæller netop mig, at du har tabt selvtilliden eller var det forstanden for en tid. HVAD UDAD TABES SKAL INDAD VINDES. Det skal der stå på min gravsten."

HVAD UDAD TABES SKAL INDAD VINDES.

"Fik du den, Massen. Eller skal jeg køre ud og hente en gravsten, før du tror mig! Du kan også hente den for mig, nu hvor du skal hjem og hente din dyne, tandbørste, og tabte selvtillid."
"Jeg har det hele nede i bilen."
"Hov stop lidt. Du har altså hele tiden vidst, at jeg har et blødt punkt for dig. Jeg advarer dig. Jeg kan ikke hjælpe dig med at finde din tabte selvtillid. Det vil jeg ikke have med at gøre. Den

skal du selv finde. Og en ting mere. Jeg sviner – du rydder op."
"Det er en aftale!" sagde Massen og jeg fattede ikke at han pludselig så glad ud. "Jeg henter lige mine ting."
I løbet af et øjeblik var der ryddet af bordet. Jeg nåede lige at redde min øl. Og væk var han.

> *Jeg har fået en ven i nøden,*
> *så nu bor jeg ikke alene.*
> *Hans tillid til sig selv er gået i døden*
> *og fundet skal sættes i scene.*
> *Han ved han skal finde den selv,*
> *så forventninger ikke bliver såret.*
> *Til mig skal han ikke stå i gæld!*
> *Æren skal være hans - det er vilkåret.*

Det hobede sig op med ting og sager.
"Hov vi må vist hellere smide alle mine ting fra karlekammeret ind i mit soveværelse først. Ellers går det her da helt galt. Bare smid, Massen."

Massen rumsterede rundt, så jeg hentede mig en frisk øl og satte mig ud på altanen: "For sjov sjytton!" udbrød jeg. "Nu er du under administration, observation, restriktion, relation ..." mumlede jeg og kiggede næsten længselsfuldt mod Sverige. Der er huslejen billigere og sprutten dyrere – ikke lige noget for mig også selv om det måske går lige op. Måske noget for Massen. Og de er jo så glade for indvandrere derovre, hvilket en mand med ild i håret nødvendigvis må betragtes som. En indvandrer af irsk afstamning. Og så slap Danmark af med en arbejdsløs. Den løsning var der store perspektiver i. Måske kunne jeg tjene et par tusinde i overførelsesindkomst eller hvad det nu måtte kaldes.

"Så er jeg færdig!" lød det fra Massen. Og jeg så en rødhåret viking stikke hovedet ud af altandøren.

"Godt så kommer jeg og tørrer dig!" svarede jeg og rejste mig.

"Lad mig se, hvad lort du nu har fundet på ... Jamen, det ser jo helt nydeligt ud. Det er mig en gåde, hvordan du har fået plads til det hele. Og mit tøj har du endda lagt nydeligt sammen. Hun må da savne dig ad helvede til."

"Hvem?"

"Din mor!"

"Hun er død, det ved du da. Hun gik over for rødt – og så!"

"Så faldt hendes røde hår og det røde signal sammen, så chaufføren slet ikke kunne se hende."

"Hvordan kunne du vide det?"

"Intuition, Massen. Men den her flotte iscenesættelse og lynhurtige indflytning skal vel fejres på en eller anden måde. Jeg blev i hvert fald helt tørstig og tager mig en kold. Du er velkommen til at tage en på min regning, hvis du henter en ny kasse øl bagefter. En veludført flytning og øl hører sammen som ærtehalm ... eller som siamesiske tvillinger ... eller som hank på en plasticpose ... nå pyt..."

Massen havde hentet to øl, trukket dem op og satte sig til rette i sofaen.

"Tak, du!" sagde Massen med tårer i øjnene. "Vil du ikke sidde?" og rakte øllen frem mod mig.

"Tak ... for hvad? Det er jo dig, der har lavet det hele. Dig som ikke har nogen selvtillid er hurtigere end Lucky Lukes egen skygge. Det må da have givet dig så meget selvtillid, at du flytter igen."

"Nu overdriver du - bare for at gøre mig glad. Og det er da også vældig pænt af dig at forsøge."

"Jeg prøver ikke på noget. Jeg hælder bare realiteter ind i knoppen på dig. Lad mig opsummere:

- Du formår at forlade dit elskede hus og hjem fyldt med dine anstrengelser for indretning og vedligeholdelse, en irriterende kone og dine to elskede børn.
- Du formår at pakke bilen med det allermest nødvendige. Har du i øvrigt husket pornobladene, så vil jeg gerne se dem.
- Du formår at overtale din allerbedste og smukkeste ven til at åbne dørene for dig og dele hans ydmyge og nu alt for lille lejlighed med ham. Eller rettere bestikke ham med et par flasker vin.
- Du formår at diske op med frokost til os ved at tømme mit sjæleskab.
- Du formår at tømme din bil og indrette to værelser hurtigere end jeg kan nå at drikke en øl.
- Og så formår du at sige ja til at hente en kasse indflytningsøl.

Er det ikke sådan realiteterne er."
"Jo det er vel sådan de er, men ..."
"Ikke noget men. For så kommer jeg med et digt, at du ved det. Og hør bare hvor elendige de kan være:

> *Realiteter er virkelige*
> *De er som de er.*
> *De kan ikke forstille sig.*
> *Men de kan fordrejes*
> *og nedvurderes.*
>
> *Realiteter er som de er!*
> *Bør ikke vendes og drejes.*
> *De skal ses dybt i øjnene,*
> *så de ikke bliver ... øh ... forfløjnene.*

Du satte dig et mål, og du gennemførte det med bravour. Over-
vandt alle men'er. Det er sådan man finder den tabte selvtillid.
JEG ER HVAD JEG KAN. Er vi enige?"
"Jeg gjorde det jo bare i desperation. Vidste egentlig hverken ud
eller ind. Jeg gjorde det bare. Jeg flygtede."
"Kald det hvad du vil. Dét er jo bare motivet eller motivationen,
der fik dig til at træffe dine beslutninger, sætte dig et mål og
gennemføre det. HVAD UDAD TABES SKAL INDAD VINDES. Bare
skriv det på nosserne. Vil du låne en permanent inkpen."

> *En inkpen min ven*
> *skal få dig på sporet igen.*
> *Du forstår nemlig ikke en skid*
> *om din egen selvtillid*
> *Hvad udad tabes*
> *skal indad skabes.*
> *Skriv det nu straks på dine nosser*
> *Inden dine nerver de flosser.*

"Tror du der er plads nok?" indvendte Massen med en latter,
der kunne høres helt ovre på Sveriges kyster.
"Nå, vi er nok kommet i storartet humør igen. Så nu er det den
perfekte timing for at planlægge i morgen. Hvad skal der ske i
morgen?"
"Tjah, jeg skal have købt en kasse øl, og så sørger jeg for mad til
dit sjæleskab. Kan du låne mig 5.000 kr.?"
"Hvis de går til det du lige har fortalt er det ok med mig. Men
ikke noget med at betale til din hjemlige husleje eller børnebi-
drag eller sådanne forhastede beslutninger. Hun har jo smidt
dig ud ved at opføre sig røvirriterende. Jeg vil i øvrigt gerne høre
hvad hun har sagt til dig op i dit åbne ansigt. Jeg kender dig. Du
er jo tålmodigheden selv, så det må være hende, der er motivet
til din stort anlagte og ikke spontane flugt. Men det må vente

til senere.

Nå, hvad skal der så ske i morgen! Er det store hviledag, oprydningsdag, badedag eller har du andet i tankerne?”
“Jeg ved ikke rigtig!” nølede Massen.
“Må jeg komme med et forslag.”
“Ja, endelig!”
“Du tager et smut forbi med is og slik og pandekager til børnene, fortæller dem at du elsker dem, og at de ikke har en skid at gøre med din flugt. Og at de ikke slipper for dig, selv om du er flyttet over til din bedste og eneste ven for en tid, for som de nok har bemærket har far og mor ikke været på den bedste talefod i lang tid, og at det har de sikkert for længst opdaget med deres skarpe blik for relationer.
Og når man er uvenner, går man bare ind på sit eget værelse og lukker døren. Og det gør du ovre hos en god ven, som er sød ved dig og trøster dig, så du ikke længere behøver at være så ked af det.
Det vil sunde børn kunne forstå, og kan de ikke, må de lære at sådanne konsekvenser er bedre end at ødelægge hinanden med beskyldninger og bandeord og i værste fald voldtæve hinanden.
At det i sådanne situationer er bedre at forlade kamppladsen i ro og fred for at falde ned og overveje fredelige løsninger eller endda kompromisser. Det der med at give sig lidt i stedet for at stille våbnene op til kamp.
Forstår de det ikke alligevel, så nøjes med at sige, at det ikke er deres skyld.
Hvis de alligevel ikke tror dig, kan du jo bare tage dem med herover et par minutter, så skal jeg nok overbevise dem om, at det er det eneste rigtige at gøre for dig lige nu. Og at tiden læger alle sår på bedste måde, om der skal sættes et plaster på, eller

der skal skæres ind til benet.
Hvad synes du om det forslag i al sin korthed?"
"Joh, det vil jeg tænke over. Om det lige bliver i morgen."
"Ja, det er op til dig. Det er jo bare et forslag, men som jeg ynder
at sige:

> *Den kloge mand*
> *rydder op i sit bagland.*

Det skal stå på bagsiden af min gravsten. Husk det. Og du er jo
vældig god til at rydde op."
"Du har ret. Jeg gør det sgu i morgen!"
"Godt så har jeg brug for at se et eller andet i fjernsynet. 'Antik-
duellen' eller 'Hvornår er det nu det var' eller 'Gift ved et uheld'
eller 'Date mig nøgen' eller bare et eller andet, der kan hjælpe
os med at gennemskue vores problemer i dagligdagen. Du har
nok bedst af et bad og en god nats søvn. Er du sulten finder du
bare noget i klædeskabet eller ... nå, du ved jo hvor det er. Sov
godt."
"Tak, du! Tusinde tak!" sagde Massen velment og kærligt som
om vi allerede var gift.
"Selvfølgelig. Det manglede bare. Og de der pornoblade vil jeg
gerne låne."
"Jeg har ingen ..."
"Pyt jeg har selv. Jeg kan dem bare udenad. Det ville måske
være rart med noget nyt. Nå, jeg klarer mig. Vi snakkes."

> *Go'morgen, Go'morgen til hele bondegården!*
> *Til heste, grise,* køer *og får*
> *Og bonden som på marken går.*

"Nå, vi er nok i godt humør i dag, Massen, sådan som du går
rundt og brummer. Og så har du dækket morgenbord kan jeg se.

Jeg vil komme til at savne dig!"
"Ja, go'morgen, du! Jeg henter lige æggene. De må være blød-
kogte!"
"Jamen, så sætter jeg mig ned og nyder livet."
"Jeg har besluttet mig. Jeg tager hjem og ordner mit bagland
som en rigtig mand, som du foreslog."

"Nogen siger at man hver morgen skal spørge sig selv: Hvem er
jeg? Hvad er meningen med mit liv?"
"Det lyder da meget fornuftigt. Måske kan det bygge min selv-
tillid op." svarede Massen med mad i munden.
"Lyt ikke til de skvadderhoveder. Lyt til mig."
Massen stoppede med at tygge og gloede forundret på mig:
"Hvad er der nu galt med det."
"Den slags spørgsmål er for svære at svare på for almindelige
mennesker som dig og mig. Kan du svare på dem? Hvem er du?
Hvad er meningen med dit liv?"
Den tyggede Massen så længe på, at jeg nåede at formulere et
lille digt for Massen:

> *HVAD VIL JEG MON MED DAGEN?*
> *Det må jeg tænke over.*
> *FOR DET ER NETOP SAGEN.*

"Hvad synes du om det, Massen! Du vil åbenbart bruge noget af
dagen på at varte mig op."
"Ja, jeg er bare så taknemmelig over ..."
"Godt så. Du tænkte i morges at du ville glæde din gode ven
med morgenmad og blødkogte æg. Og så gjorde du det. Det er
det mit lille digt handler om!"
"Jeg forstår ikke helt..."
"Du tænkte i morges: Hvad vil jeg mon med dagen? Og så svare-
de du: *Jov da. Hallo. Jeg får lige en idé. Jeg vil lave morgenmad*

med blødkogte æg til min dejlige ven med morgenhår. Så stod du op, hentede morgenbrød og blødkogte æg. Dækkede fint morgenbord. Og her sidder vi så."

"Ja, her sidder vi så!"

"Så fat det dog, Massen. Du satte dig et mål: Morgenmad. Og du gennemførte det. Bravo. Det er det, der giver selvtillid. Også selv om æggene blev hårdkogte!"

"Blev dit hårdkogt? Mit var da … Jeg forstår godt hvad du mener!" sagde Massen med et stort smil, da han så mit fortvivlede ansigt. "Jeg driller bare."

"Hmm!" sagde jeg og så Massen dybt i øjnene. "Så bevis det." Massen kneb øjnene sammen som en anden Clint Eastwood og stirrede stift på mig med sine grønblå øjne og hvislede med sammenbidte tænder: *Make my Day."* Pludselig var hans hånd blevet til en skarpladt pistol. "Jeg ved hvad du tænker, punk, har jeg et skud tilbage eller har jeg ikke. Men det finder vi aldrig ud af, vel?"

Jeg rakte armene i vejret. "Ok, du har forstået. Jeg overgiver mig."

"I dag, punk, vil jeg ordne mit bagland. Og vender så tilbage. Vær sikker på det. I will make my Day."

Og inden jeg fik pakket min skoletaske var han ude af døren som en rød hvirvelvind i ørkenen. Jeg lod morgenbord være morgenbord og forsvandt også, men vendte straks efter tilbage, da jeg opdagede det var lørdag. Massen havde vendt op og ned på min tidsfornemmelse. Jeg anede ikke hvad jeg skulle bruge dagen til og smækkede mig ned i liggestolen på altanen. Det var jo dejligt stille solskinsvejr og gav mig god tid til at overveje, hvad jeg ville stille op med dagen. Carpe diem. Og faldt straks i søvn.

Jeg vågnede med missende øjne og fik et chok, da jeg så ind i et par grønblå øjne omkranset af fregner, rødt hår og røde skægstubbe.

"Nå, du er vågen!" lød en munter stemme. "Vil du høre hvad der skete?"

Jeg behøvede ikke at svare for stemmen fortsatte og fortsatte i flere timer vil jeg tro i et så behageligt toneleje, at jeg for længst havde lukket øjnene igen efter at have overvundet chokket.

"Sig mig, hører du overhovedet efter?" lød stemmen nu i et afkrævende toneleje.

"Næh, nej. Undskyld. Vil du ikke lige gentage det over en kop kaffe."

"Ok!" sagde Massen og kom kort efter tilbage med kaffe. Jeg havde lige nået at sætte mig op på liggestolen og flyttede mig langsomt men sikkert over til bordet på altanen og nippede en tår kaffe af den rygende kop.

"Joh nu skal du høre ...!"

"Den korte version, tak!" insisterede jeg.

"Jeg gjorde, som du havde foreslået." sagde Massen.

"Var det alt, du havde at fortælle!" spurgte jeg forundret.

"Og det gik fint!" supplerede Massen. "Og hvordan er din dag så gået? Som planlagt?"

"Mens du besøgte dine to unger, ville jeg besøge mine 26. De skulle lære om 2. grads ligninger, og hvor interessant det sikkert vil være for den af jer unger, der vil være matematiklærer eller civilingeniør."

"Det kan nu være meget godt at kunne!" sagde Massen alvorligt. "Måske får man brug for det en dag. Man kan jo aldrig vide."

Jeg så forbløffet på Massen: "Jeg troede ikke du havde læst filosofi! Men tillykke med det, og ring lige til mig den dag, du får brug for det. Der er selvfølgelig mange ubekendte her i livet."

"Der ser du." sagde Massen og så overbevisende ud med en snert af sammenknebne Clint Eastwood-øjne.

"Og så skulle de lære at regne ud hvad 315 gange 17 er i hovedet. Der findes for fanden da computere i dag. Enhver idiot render jo rundt med sådan en i hånden og mobber hinanden."

"Det træner de små hjerneceller at skulle regne det ud i ... Det bliver i øvrigt 3150 plus 2205 ... altså 5355."

"Sikkert, men det er først på mandag, Massen. På mandag. Jeg tog fejl af dagene."

"Først kommer mandag, så tirsdag, så onsdag ..." belærte Massen mig.

"Ja, og nu er det lørdag. Det er efterhånden gået op for mig."

"Du virker lidt irriteret, synes jeg. Eller måske nærmere pirrelig." konstaterede Massen med let foroverbøjet hoved og undersøgende øjne.

"Ja, for så får du straks lyst til at vende tilbage til din lidt mindre irriterende eller pirrelige eller skrupliderlige kone eller hvad hun nu er, så du kan få dig en unge mere at lære om 2. grads ligninger, hovedregning og hvor meget CO_2 vejer."

Massen forsvandt og kom tilbage med to kolde øl.

"Endelig én, der forstår mig!" sagde jeg nu pludselig med en stemme, der lød helt opmuntret. "Så mangler vi bare frokosten."

"Den fixer jeg!" sagde Massen og forsvandt et kort øjeblik.

"Det var hurtigt. Du kan altså nogle ting, Massen! Man skal altid huske, at når man har tabt noget, så vinder man noget andet. Erfaring, f.eks. Og min beundring, f.eks."

"Hun vil have både huset og børnene. Det er jo mig, der har forladt hjemmet, siger hun."

"Sig, at hun kan beholde huset, så finder hun vel ud af at hun ikke har råd til det. Og du har jo heller ikke, nu hvor du er arbejdsfri!"

"Sandt nok, du. Jeg ringer lige." sagde Massen, tog mobilen frem og gik allerede rastløst rundt i lejligheden.

"Godt, så vil jeg tænke over, hvad jeg vil med de næste par timer." sagde jeg ud i den blå luft.

Forbløffende hurtigt kom Massen dog tilbage og meddelte mig:

"Ja, så kom vi så langt."
"Vi? … Ring og sig at hun kan få begge dine møgunger. Og at du hader magtkampe."

Straks forsvandt Massen. Og kom lige så hurtigt tilbage og meddelte: "Det var så det!"
"Ja, nu har du så hverken hus, kone eller børn at bekymre dig om. Og arbejde gider du jo heller ikke. Du skal ikke tro, du kan blive ved at leve på nas her hos mig."
"Jeg skal nok betale, hvad jeg skylder dig."
"Du skylder mig intet. Du har underholdt mig lige siden du kom. Og i den sidste ende er det nok billigere end at gå i biffen eller i teatret. Skal vi spille kort?"
"Det er lige hvad jeg trænger til!"
"Du trænger til at få pillet et par røde hår ud af næsen og få barberet de stikkende røde skægstubbe af. Jeg finder kortene, så ordner du lige det imens. Kortspil er et civiliseret spil. Jeg spiller ikke mod en vildmand. Og så slipper jeg for at planlægge de næste par timer."

"Voila, din civiliserede Massen er kampklar!"
"To af de kolde, Massen. Kampkabale, canasta, 500 eller krig?"
"Kampkabale! Jeg er jo i forvejen midt i en kamp."
"Du taber og mister din selvtillid!"
"Taber jeg, vinder jeg evnen til at beherske mig. Taber jeg tit må jeg ændre strategi, taber jeg hver gang, må jeg finde en anden at spille imod."
"Eller du kan forsøge dig med 31 eller krig!"
"Nu ser jeg så ikke børnene mere!"
"Hvis du kæmper for dine børn, så fasthold at du ikke gider se dem. At din kone er meget bedre til at gøre rent, skifte ble …"
"De er 4 og 7 år drengene!" korrigerede Massen.
"… lave mad, lære dem at lege med dukker og gå i lyserødt, så

de kan komme i kontakt med deres feminine side. Hvor du mere
er til LEGO, fodbold og PlayStation. Jo mere du kæmper for at få
dem, jo mere fremstår du som den, der skaber konflikter, er ret-
haverisk, krævende, kompromisløs. Husk at det kun er kvinder
der er derinde i familieuretten. Og de ser ikke blidt på rethave-
riske mænd. Særlig ikke arbejdsløse rødhårede."

Jo mere du kæmper for noget
Jo sværere er det at miste
Jo mere du andre har lovet
Jo sværere er det at svigte
Så bare skru ned for charmen
For så er du en mand af ord.

Det ringede på døren.
"Hvem fanden er nu det. Jeg har ikke bestilt nogen pizza ... Bare
rolig, Massen, den tager jeg ... og råbte: Er lige på lokum. Skal
lige tørre mig. Og vaske hænder. Og have lynet op. Er på vej."
Jeg åbnede døren. "Hvad fanden er det dig Debbie, øh Karen,
nåååh fru Massen ..."
"Er han her?" lød det skarpt.
"Jeg gider ikke elske med dig herude i opgangen. Der er så lydt,
og du er en rigtig stønner, så de andre i opgangen vil bare ..."
"Må jeg komme ind? Jeg skal snakke med ham!" lød det endnu
mere skarpt.
"Det var jo lige det, jeg foreslog, men ..."
Fru Massen maste sig forbi mig og lige hen til Hr. Massen og
prikkede ham med pegefingeren på brystkassen! "Du ved godt
at jeg ikke har råd til at sidde i huset alene. Og du ved godt at du
også har et ansvar for drengene."
"Vi sidder altså lige i et spil kort!" prøvede Massen forsigtigt.
"Og så skal jeg stå med alle bekymringerne helt alene?"
"Ikke dem alle sammen. Nu er du jo fri for mig." forsvarede

Massen sig.

"Massen har glemt sine pornoblade. Jeg håber ikke du har smidt dem ud, nu hvor han igen skal lære at klare sig selv. Og jeg kunne da også godt tænke mig at …"

"Pornoblade. Jeg skal give jer pornoblade, I … I …"

"Jeg vil også gerne låne din dildo, bare en uges tid, fru Massen."

"I … I er bare for meget."

"For så vidt jeg kan forstå på Hr. Massen har du ikke stillet dig til rådighed i flere måneder."

"Hvad bilder du dig ind, at sladre din …"

"Nu tager vi alle sammen stille og roligt tøjet af ligesom nudisterne og så får vi os en lille hyggestund …

"Du … du …"

"… ude under bruseren. Så skifter stemningen uden tvivl. Vi kan også spille strippoker, hvis du synes. Kortene er jo …"

Der lød kraftige glock-glock-glock fra hårde gummihæle, da fru Massen målrettet skridtede mod døren og et doinck, der rungede i hele opgangen, da fru Massen forlod lejligheden med manér.

"Sådan, Massen. Nu forstår jeg, hvad du er oppe imod. Kom vi skal ud på altanen."

Vi så hende skridte over mod parkeringspladsen.

"For friheden!" råbte jeg. "For friheden! For friheden!" Og Massen stemte i, indtil hun var forsvundet i sin fars lille lyseblå Kia.

"Nå, nu skal der spilles kampkabale." Og pludselig kunne vi ikke lade være med at grine. En befriende latter.

"Den, der taber, skal stå på hænder i tre minutter!" foreslog jeg.

"Og den der vinder, skal hente to øl." supplerede Massen.

"Det er jo en ren win-win situation … Og lige en ting mere. Denne gang står du ikke på hænder op ad køkkendøren, vel? Du skal jo nødig banke ind i mig, når jeg kommer med de to øl."

Jeg satte Queen på og en dyb bas lød bum-ba-da-bum-ba-da-bum-da-bum-(pause), og så sang vi sammen med Freddie Mercury: ”I want to break free …” mens kortene blev lagt op til kamp. Nogen skønsang blev det vist ikke til … til gengæld højt og kraftfuldt, nærmest mandigt.

Men vejret var fint - ingen vind og solen skinnede.

”Vi kunne jo også tage en tur på stranden og se på damer!” foreslog jeg og slog ud med hånden.
”Hold nu kæft!” sagde Massen lavmælt men bestemt. ”Nu spiller vi!”

Indhold